TOKYO SURVIVORS

Edogawa EDOGAWA

1

CHAPITRE 5 – PAS DE RETOUR À LA NORMALE
PRESQUE UNE SEMAINE S'EST ÉCOULÉE DEPUIS LE DÉBUT DES ÉVÉNEMENTS...

Ent.
FLAP FLAP
歩行者用道路
自転車
走行禁止
FRSH
FRSH
FRSH
FRSH

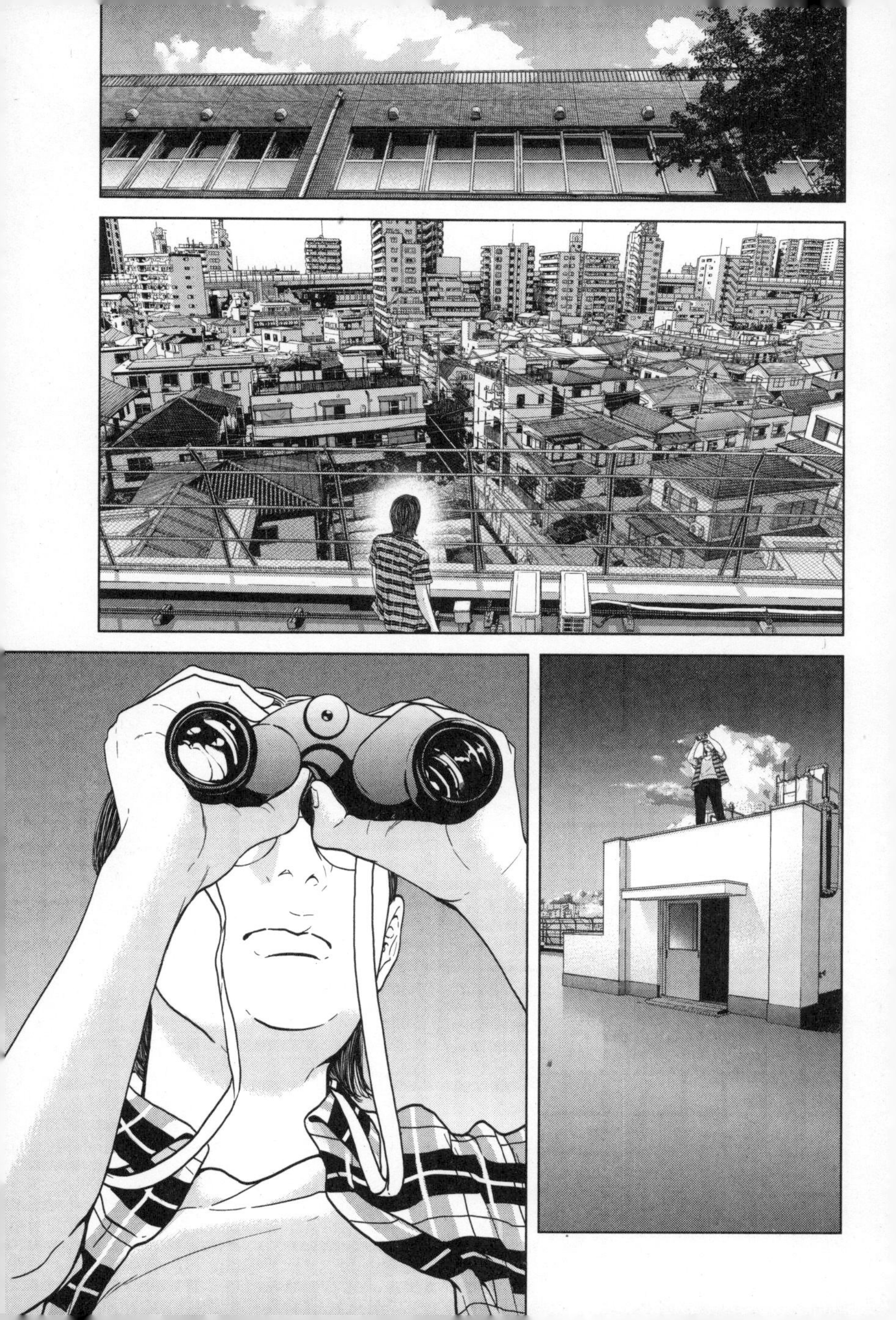

FRSH
APRÈS LA COUPURE D'ÉLECTRICITÉ ...
D'AUTRES CHANGEMENTS SE SONT MANIFESTÉS ...

L'EAU COURANTE S'EST AR-RÊTÉE DE COULER ...
ON NE POUVAIT MÊME PLUS TIRER LA CHASSE ...

PAS DE RÉSEAU
LE RÉSEAU TÉLÉPHONIQUE CESSA AUSSI DE FONCTIONNER …
TUT TUT
NOUS ÉTIONS DANS L'INCAPACITÉ DE PASSER LE MOINDRE COUP DE FIL …
Affichage de la page impossible. Vérifiez votre connexion Internet !
APRÈS DE NOMBREUX TÂTONNEMENTS …
UN PETIT GÉNÉRATEUR POURVOYAIT NOS BESOINS ÉNERGÉTIQUES INDISPENSABLES …
250g
GAS

NOUS STOCKIONS DE L'EAU MINÉRALE ...
AINSI QUE DE L'EAU DÉDIÉE AUX NÉCESSITÉS DE LA VIE QUOTIDIENNE ...
MIRIK

BAIN / DOUCHE
MALGRÉ TOUTE L'INGÉNIOSITÉ QUE NOUS POUVIONS DÉPLOYER...
L'EAU DES BAINS PUBLICS S'EST RÉVÉLÉE UNE RESSOURCE PRÉCIEUSE...
NOTRE QUOTIDIEN ÉTAIT LOIN D'ÊTRE CONFORTABLE...
BZUM
HAA

POUR TOUT AVOUER...
J'AVAIS HÂTE DE REVENIR DANS UN MONDE NORMAL...
ET J'AIMERAIS RENTRER CHEZ MOI...
TOC TOC
CHAMBRE D'AYAKA
FRAPPER AVANT D'ENTRER (DANGER DE MORT) !
QUOI ?

TU AS DES TRUCS À JETER ? JE PEUX LES DESCENDRE SI TU VEUX !
CHAMBRE D'AYAKA
FRAPPER AVANT D'ENTRER (DANGER DE MORT) !
JE VAIS LE FAIRE MOI-MÊME, MERCI ...
GROLL

POUR LE RÉAPPROVISIONNEMENT AUJOURD'HUI...
JE VAIS REMPLACER YASUSHI, IL SEMBLE VOULOIR S'ENTRAÎNER !
HEIN ?
EUH, OK...
C'EST ABSURDE !
RIDICULE !

LE RAVITAIL-LEMENT EN NOURRITURE ET EN MA-TÉRIEL EST UN TRAVAIL D'HOMME !
POUR-QUOI IRAIS-TU, TOI, AYAKA MATSUOKA ?!?

COMPLÈ-TEMENT ABER-RANT, MÊME !

UN TRAVAIL D'HOMME ? PFF !
ET... YASUSHI A BESOIN DE S'ENTRAÎNER POUR SON TOURNOI...
MALGRÉ LA SITUATION, IL NE PENSE QU'À ÇA !
DU MATIN AU SOIR, ENTRAÎNEMENT, ENTRAÎNEMENT !
IL N'A QUE CE MOT À LA BOUCHE, CET IMBÉCILE !
SI C'EST UN BOULOT POUR LES MECS, TU N'AS QU'À Y ALLER TOI !
PFF

JE DOIS OBSERVER D'ÉVENTUELS CHANGEMENTS EN VILLE, C'EST DE LA COLLECTE D'INFORMATIONS !
L'IMPORTANCE DE MA MISSION DÉPASSE LE CLIVAGE HOMME FEMME !
JE NE PEUX PAS PERDRE MON TEMPS À DES TÂCHES COMME LE RAVITAILLEMENT !
TU FAIS QUOI, À PART ÉPIER AVEC TES JUMELLES SUR LE TOIT ?
AÏE...
AYAKA...
ELLE A MAL QUELQUE PART ?
N'IMPORTE QUOI !

IL NE S'AGIT QUE DE RAMENER LE REPAS DE MIDI APRÈS TOUT !
BON, BON, BON...
ALLONS-Y !
UNE MINUTE !

JE NE FAIS QUE ...
DIRE LA VÉRITÉ !
TANDIS QUE TOI, AYAKA ...
TU NOUS RALENTIS !
TU CHIPOTES POUR UN OUI OU POUR UN NON !
TU NE FAIS PAS LA CUISINE !
TU PARLES D'UNE FEMME !
T'ES TOUJOURS À CÔTÉ DE LA PLAQUE ...
EN PLUS D'ÊTRE GERBANT ...
T'ES AUSSI UNE GROSSE FEIGNASSE ?

ET TU TE CROIS VIRIL, PEUT-ÊTRE ?

ATTEN-DEZ !
TU AS PEUR D'EN DÉBATTRE, C'EST ÇA ?!?
QU'EST-CE QUE TU DIS ?
BIEN SÛR QUE JE SUIS UN HOMME !
GRRR...

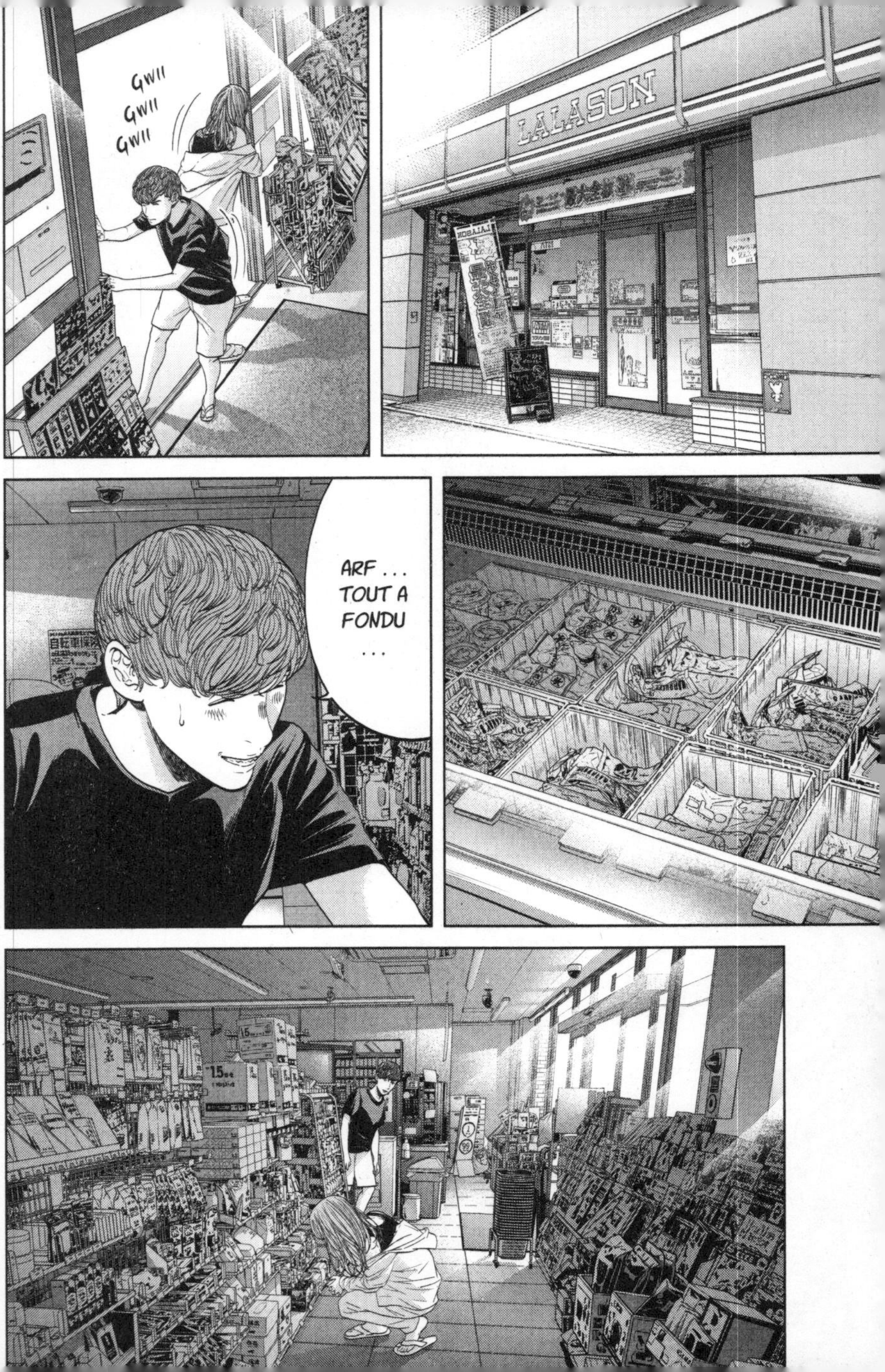
LALASON
GWII
GWII
GWII
ARF ... TOUT A FONDU ...

Serviette hygiénique
POUAH, QUELLE ODEUR !

ENCORE RATÉ ...
OUAIS ...
IL FAIT CHAUD ...
PRENONS DES BISCUITS ET DES TRUCS QUI NE PÉRIMENT PAS !

...
JE PEUX T'AIDER ?
HEIN ?
NON, RIEN...
ET TOI, QU'EST-CE QUE TU PENSES DE TERUO ?

IL TE DÉGOÛTE PAS, TOI ?
EUH... À QUEL NIVEAU ?
LE COUP DU MAILLOT DE BAIN, DÉJÀ...
ENSUITE, SUR LE TOIT...
LA FOIS AVEC LES NOUILLES SAUTÉES...
SES COMMEN-TAIRES SUR LES FEMMES, COMMENT IL SE CONSI-DÈRE...
HA HA HA ! C'EST CLAIR...

EUH...
ÇA TE FAIT RIGOLER ?
HEIN ? NON, NON ...
TU AS RAISON ...
FRANCHEMENT, IL ME SAOULE TROP ...
SI SEULEMENT IL POUVAIT ARRÊTER DE ME PARLER ...
ÇA ME FERAIT DES VACANCES !

TU VEUX PAS LUI EN PARLER, TOI ?
EUH, OUAIS ! BIEN SÛR ...

APRÈS... IL A PEUT-ÊTRE SES RAISONS DE PENSER COMME ÇA, HEIN !
LAISSE TOMBER !
EH ! ATTENDS ...
WIP
TOI AUSSI, T'ES UN LÂCHE ...

MAKOTO ! TU SAIS CE QU'ON DISAIT DE TOI DANS LA CLASSE ?
DE MOI ?
NON ... QUOI ?

GWII
TSAP
VLAP
EH !

AYAKA !
J'AI CHERCHÉ DES TRUCS PROTÉINÉS POUR TOI !
ROROFIT
SASAMI
Chicken
DES TRANCHES DE POULET…

DES BARRES GAUFRÉES AUX PROTÉINES ! C'EST BON ÇA !
ALORS COMME ÇA, TU M'AS REMPLACÉ POUR LE RAVITAILLEMENT AUJOURD'HUI ?
HEIN ?
TERUO EST VENU SE PLAINDRE PENDANT PRESQUE UNE HEURE ...
IL EST VRAIMENT PÉNIBLE, CE MEC !
VLAP !!!

HYAH !
OUAH !
IL A PRIS SES JAMBES À SON COU QUAND J'AI FAIT MINE DE LE FAIRE VALDINGUER !
AH, TROP MARRANT !
AÏE...

AT-TENDS UNE MINUTE !
ANTI-DOULEUR
LOLONIN
PREMIUM
TIENS !

EUH ?
J'EN AI TOUJOURS À PORTÉE DE MAIN AU CAS OÙ UNE VIEILLE BLESSURE SE RÉVEILLE !
SERS-TOI !
AH... OUI...

VU CE QUE LE MONDE EST DEVENU ...
ÇA DOIT ÊTRE EFFRAYANT D'ÊTRE LA SEULE FILLE ...

JE TROUVE LE COMPORTEMENT DE TERUO À TON ÉGARD INACCEPTABLE !
S'IL CONTINUE, JE VAIS LUI EN TOUCHER DEUX MOTS, MOI !
MAIS TU ...
T'INQUIÈTE ! ÇA NE ME POSE AUCUN PROBLÈME !

MERCI
...
TOURNOI QUALIFICATIF DE DISTRICT
PLUS QUE
3
PLUS QUE
JOURS
TOURNOI QUALIFICATIF DE DISTRICT
PLUS QUE
3
JOURS
PLUS QUE
3 JOURS
●男子個人試合
●女子個人試合
●男子団体試合 ●女子団体試合

PLUS QUE
3
JOURS
PLUS QUE
NOR-MALEMENT, IL NE RESTE QUE TROIS JOURS AVANT LE DÉBUT DU TOURNOI . . .
JE FAIS EN SORTE D'ÊTRE PRÊT AU CAS OÙ TOUT REVIEN-DRAIT À LA NORMALE !
TU AS TOUT MON SOUTIEN !

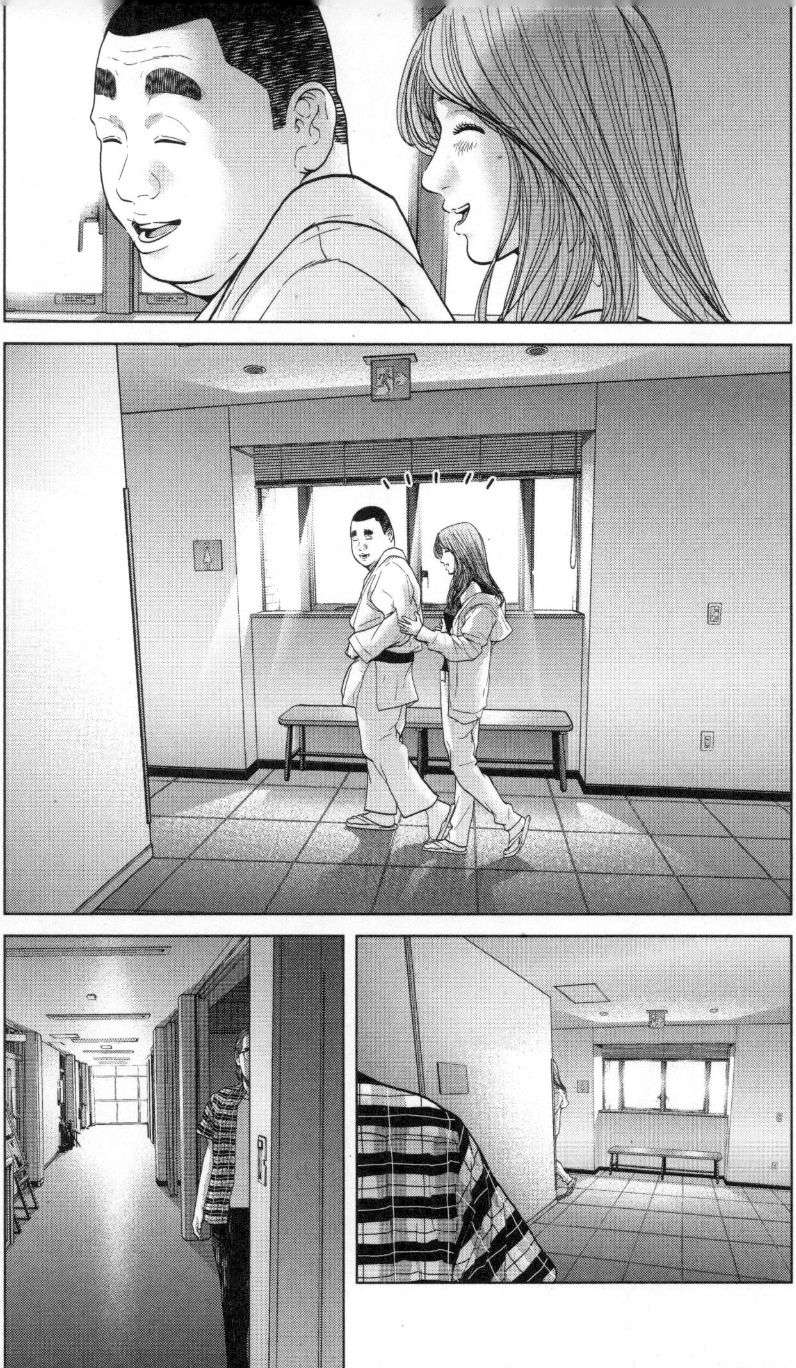

GRR GRR

TU VERSES LENTEMENT, COMME ÇA...
GROLL
OH !
PAF
OK !
PAF

JE DEMANDE VOTRE ATTENTION !
NOUS AVONS PARMI NOUS UN FAINÉANT QUI PRÉFÈRE BATIFOLER PLUTÔT QUE DE PARTICIPER AU RAVITAILLEMENT !
HEIN ?
SON NOM ?
YA-SU-SHI TA-BA-TA !
TERUO ...

CEUX QUI N'ASSUMENT PAS LEURS RESPONSABILITÉS ...
N'ONT PAS LE DROIT D'UTILISER LES BIENS COMMUNS !
ÉVIDEMMENT, ÇA INCLUT LES ACCESSOIRES DE CE GENRE !
BROSSE À DENT ...
PAPIER-TOILETTE ...
ABSOLUMENT TOUT ...
INTERDIT !

ÇA NE TE CONCERNE ÉVIDEMMENT PAS, MAKOTO !
MAIS ARRÊTE, TERUO ...
EN PLUS, YASUSHI N'A PAS L'AIR DE PIGER ...
LA DIFFÉRENCE HIÉRAR-CHIQUE ENTRE HOMMES ET FEMMES !
AFIN DE SUR-VIVRE DANS CET ENVI-RONNEMENT, NOUS, LES HOMMES ...
TE-RUO !
PERSO, JE PEUX ENCAISSER TES DÉ-LIRES ...

MAIS TU DEVRAIS VRAIMENT RECONSI-DÉRER ...
TON ATTITUDE ENVERS AYAKA !
CESSE D'ÊTRE DÉSA-GRÉABLE AVEC ELLE !
SI JE DIS ÇA, C'EST AUSSI POUR TON BIEN !
GRR ...

GYAAAAH!

MOI, JE VAIS ME COU-CHER !!!
ÇA T'AP-PREN-DRA !
TU ES PRIVÉ DE TENTE !
IL A DÉFOR-MÉ MON T-SHIRT ...
GAS
FRSH
...
AAAH ...

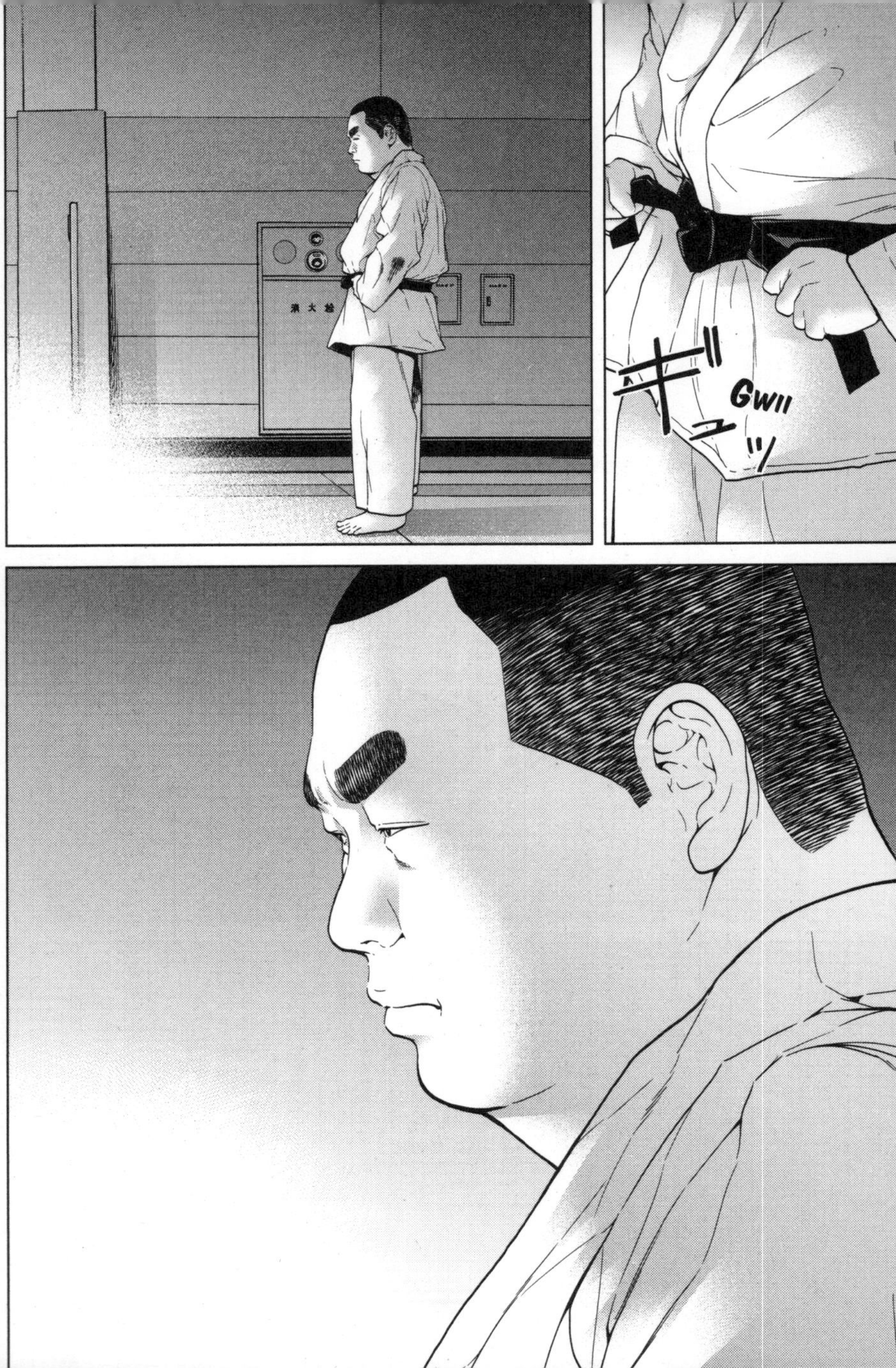
ギュッ
GW!!

TOKYO SURVIVORS

6 MOIS PLUS TÔT...
CHAPITRE 6 – UNE RAISON POUR TENIR
HYAH !
EH !
HURYA !
YAAAAH !

VLAP
HYAH !
BAM
C'EST LA DERNIÈRE ANNÉE OÙ JE PEUX COM-BATTRE EN COMPÉTITION...
ET J'AI ENFIN ÉTÉ CHOISI !

JE SUIS PARVENU À PRENDRE LA PLACE DE MIYAMOTO ...
C'EST BIEN, YA-SUSHI !
CONTINUE COMME ÇA !

QUOI ? TABATA A ÉTÉ PRIS À LA PLACE DE MIYA-MOTO ? SÉRIEUX ?
MAIS MIYAMOTO A PLUS DE TALENT ET D'EXPÉRIEN-CE !
かち気 まけん気
PFF ! TOUT ÇA PARCE QUE C'EST LE FILS DU COACH . . .

BOM
VLAP
MIYAMOTO
...

JE SAIS CE QUE LES AUTRES DISENT DE TOI, MAIS . . .
MOI, JE CONNAIS TON VÉRITABLE NIVEAU !
ACTUEL-LEMENT, TU ES MEILLEUR QUE MOI !
MIYA-MOTO . . .
ON COMPTE TOUS SUR TOI POUR RÉALISER LE RÊVE DU LYCÉE, OK ?
ET LE MIEN ÉGA-LEMENT !

JE NE CONNAIS QUE LE JUDO, JE NE SUIS PAS HABITUÉ À FAIRE DES DISCOURS ...
パッ
PAF
!
ENTRE JUDOKAS ...
ギュ
GWII
AFFRONTONS-NOUS PLUTÔT !

ON VA VOIR SI TA PRO-JECTION À L'ÉPAULE EST DIGNE DES MEILLEURS JUDOKAS DU PAYS !
OK !

提供:国立感染症研究所
新型コロ
感染が加速する
FLASH SPÉCIAL
10 000 NOUVEAUX CAS D'INFECTIONS AU VIRUS
FLASH SPÉCIAL
10 000 NOUVEAUX CAS D'INFECTIONS AU VIRUS
CENTRE DE DÉPISTAGE COVID 19
2,900円
ご予約はこちら
SUZUKI
OOKI
当ビル後方すぐ

YASUSHI
-ISOLEMENT-
GUÉRIS VITE, GRAND FRÈRE !
KOF ! KOF !
YASUSHI
-ISOLEMENT-
WASAO !
QUAND EST-CE QUE YASUSHI SERA GUÉRI ?

YASUSHI
-ISOLEMENT-
QUAND IL SERA GUÉRI, J'AURAIS LE DROIT DE SORTIR ?
BIENTÔT ! NE T'EN FAIS PAS ...
J'AI ENVIE DE JOUER DEHORS, MOI !
TOUT LE MONDE EST CONFINÉ, TU SAIS ...

YASUSHI
-ISOLEMEN
GUÉRI
GRAND
LE GOÛTER EST PRÊT, WASAO !
KOF !
KOF !
KOF !

ON A TOUT MISÉ SUR TON FILS ET VOILÀ QU'IL CHOPE LE VIRUS !
LE CLUB DE JUDO REPRÉSENTE UN GROS BUDGET DE NOTRE ÉTABLISSE-MENT !
ET ON A DÛ DÉCLA-RER FOR-FAIT AU TOURNOI NATIO-NAL !
PARDON-NEZ-MOI ...

TU NE SORS PAS BOIRE AU MOINS ?
TU NE TE BALADES PAS DEHORS, LE SOIR VENU ?
IL OSE SE POIN-TER ICI ...
APRÈS LE TORT QU'IL A CAUSÉ AU CLUB ...

MIYA-MOTO ...
JE SUIS DÉSOLÉ !

YASU-SHI !
CLAC

TU RESTES AU CLUB JUSQU'AU NOUVEAU TOURNOI QUALIFICATIF D'AUTOMNE !
D'ICI LÀ, PRÉPARE-TOI !
MAIS PAPA ...
FAIS-LES TAIRE AVEC TES QUALITÉS DE JUDOKA !
VIENS !
TSAP
GRAB

TSAP
BLAM

TA PRO-
JECTION À
L'ÉPAULE
EST DIGNE
DES MEIL-
LEURS !
VOILÀ,
YASUSHI !
MERCI !

PLUS
QUE
1
SCRSH
TOURNOI QUALIFICATIF DE DIS
PLUS
QUE
2
PLUS
QUE
2

J'AI ÉVITÉ DE PENSER À CETTE ÉVENTUALITÉ JUSQU'À PRÉSENT, MAIS ...
SI LES CHOSES NE REVIENNENT PAS À LA NORMALE AVANT DEMAIN ...
JE N'AURAIS PLUS JAMAIS ... L'OPPORTUNITÉ ...
DE PRENDRE MA REVANCHE ...

TOUT SE TERMINERA ...

SANS QUE JE PUISSE RÉPARER MES TORTS ...

JE DOIS GAGNER !

MWAAAH
HM ?
QU'EST-CE QUE ...

JE TE LE RÉPÈTE UNE DERNIÈRE FOIS !
ALORS ÉCOUTE BIEN !.
IL FAUT D'ABORD REMPLIR MANUELLEMENT LE RÉSERVOIR D'EAU AVANT D'UTILISER LES TOILETTES !
TA MERDE A BOUCHÉ LA CANALISATION !
ON NE PEUT PLUS UTILISER LA MOINDRE CUVETTE MAINTENANT !

PARDON, JE VAIS NET-TOYER ...
QUE SE PASSE-T-IL ?
FRSH FRSH
KOF KOF

TU N'AS PAS ENCORE ATTRAPÉ LE COVID AU MOINS ?
C'EST À CAUSE DE TOI QUE LE CLUB DE JUDO A RATÉ LE PRINCIPAL TOURNOI DE L'ANNÉE, NON ?
TU CHERCHES ENCORE À NOUS NUIRE, C'EST ÇA ?

EH, OH !
TERUO ! TU VAS LA FERMER, OUI ?
IL Y A UNE AUTRE EXPLICATION DERRIÈRE LE PROBLÈME DES TOILETTES ...
L'ÉLECTRICITÉ EST COUPÉE ...
JE PENSE QUE LES TURBINES DES EAUX USÉES NE FONCTIONNENT PLUS ...
VOUS TOUS, PARDON ...

JE VAIS TROUVER UNE SOLU-TION...
OUAIS, CAR J'AI D'AUTRES CHOSES À FAIRE QUE DE RÉGLER CE GENRE DE PRO-BLÈMES !

LE TOURNOI DE QUALIF' EST DEMAIN, NON ?
VA T'ENTRAÎNER ! MAKOTO ET MOI ALLONS NETTOYER TOUT ÇA !
HEIN ?
MERCI, AYAKA...
...

QUOI ?
IL NE FAIT AUCUN DOUTE...
QUE JE POSSÈDE PLUS DE QUALITÉS QUE YA-SUSHI !
JE ME CHARGE DE TE PRO-TÉGER !
TU ES UNE FILLE, TU SE-RAS PLUS EN SÉCURITÉ AUX CÔTÉS D'UN HOMME RESPON-SABLE !

TU CHERCHES À ME DÉCLARER TA FLAMME OU QUOI ?
SI TU VEUX LE PRENDRE COMME ÇA ...
JE N'Y VOIS PAS D'INCONVÉNIENT !

EH
...
ME PROTÉ-
GER, TOI ?
PFF ! DANS
TES RÊVES,
OUAIS !

T'ES LE TYPE LE PLUS NAZE ET FRAGILE QUE JE CONNAISSE !
ALORS REMETS-TOI PLUTÔT EN QUESTION !
GRR

PLUS QUE
1
PLUS QUE
FLAP
JOUR DE TORNOI

JE VOUS EN PRIE !
FAITES QUE TOUT REVIENNE À LA NORMALE ...
JE VOUS EN PRIE !
MÊME LA SEULE JOURNÉE DE DEMAIN ...

JE VOUS EN PRIE ...
C'EST DEMAIN, LE TOUR-NOI ...
HAA ...

AH ...
JE DOIS ME RENDRE AU POINT DE REN-DEZ-VOUS POUR LE BUS ...

JE VAIS Y ALLER DIRECTEMENT ...

SPOF

HÉ, MAIS ...
YASUSHI ?
....

HM ?
OH ! SÉRIEUX ...
QUE SE PASSE-T-IL ?
ON A UN PROBLÈME !

YA-SUSHI ?
YA-SUSHI !
QU'EST-CE QU'IL Y A ?
EH BEN... RE-GARDE !

Je sors un moment.
Je reviens vite.
Yasushi TABATA
SON TOURNOI, C'EST CENSÉ ÊTRE AUJOURD'HUI, ALORS... PEUT-ÊTRE QUE...
PEUT-ÊTRE QUE QUOI ?

YA-SUSHI !
IL N'EST PAS ICI NON PLUS ...

JOUR
DE
TORNOI

TOKYO SURVIVORS

CHAPITRE 7 – POINT DE RUPTURE

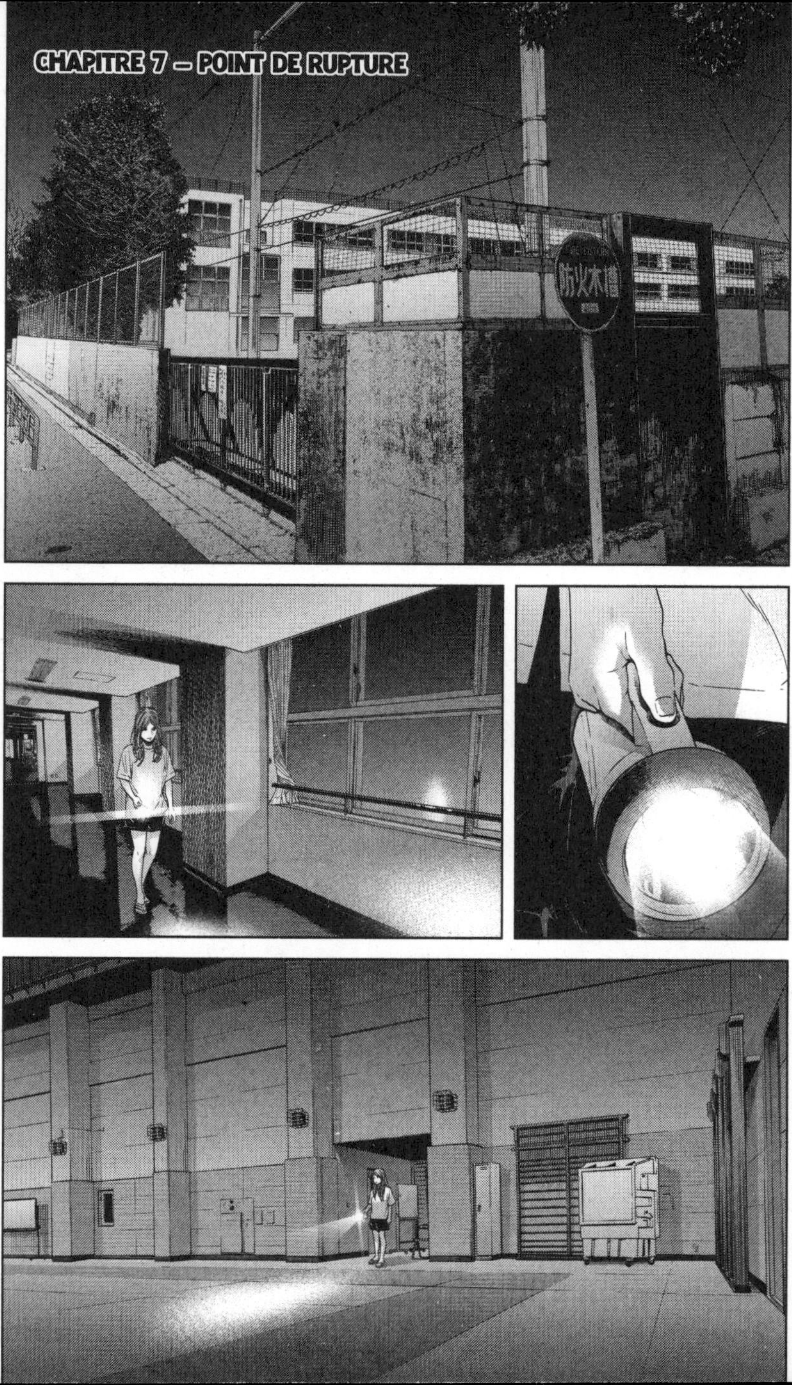

VLAP
JOUR
DE
TORNOI

Je sors un moment.
Je reviens vite.
Yasushi TABATA
LE SOIR EST TOMBÉ…
YASUSHI AURAIT PU PRÉVENIR, QUAND MÊME !
JUSQU'À QUAND COMPTE-T-IL NOUS CONTRARIER, CELUI-LÀ ?

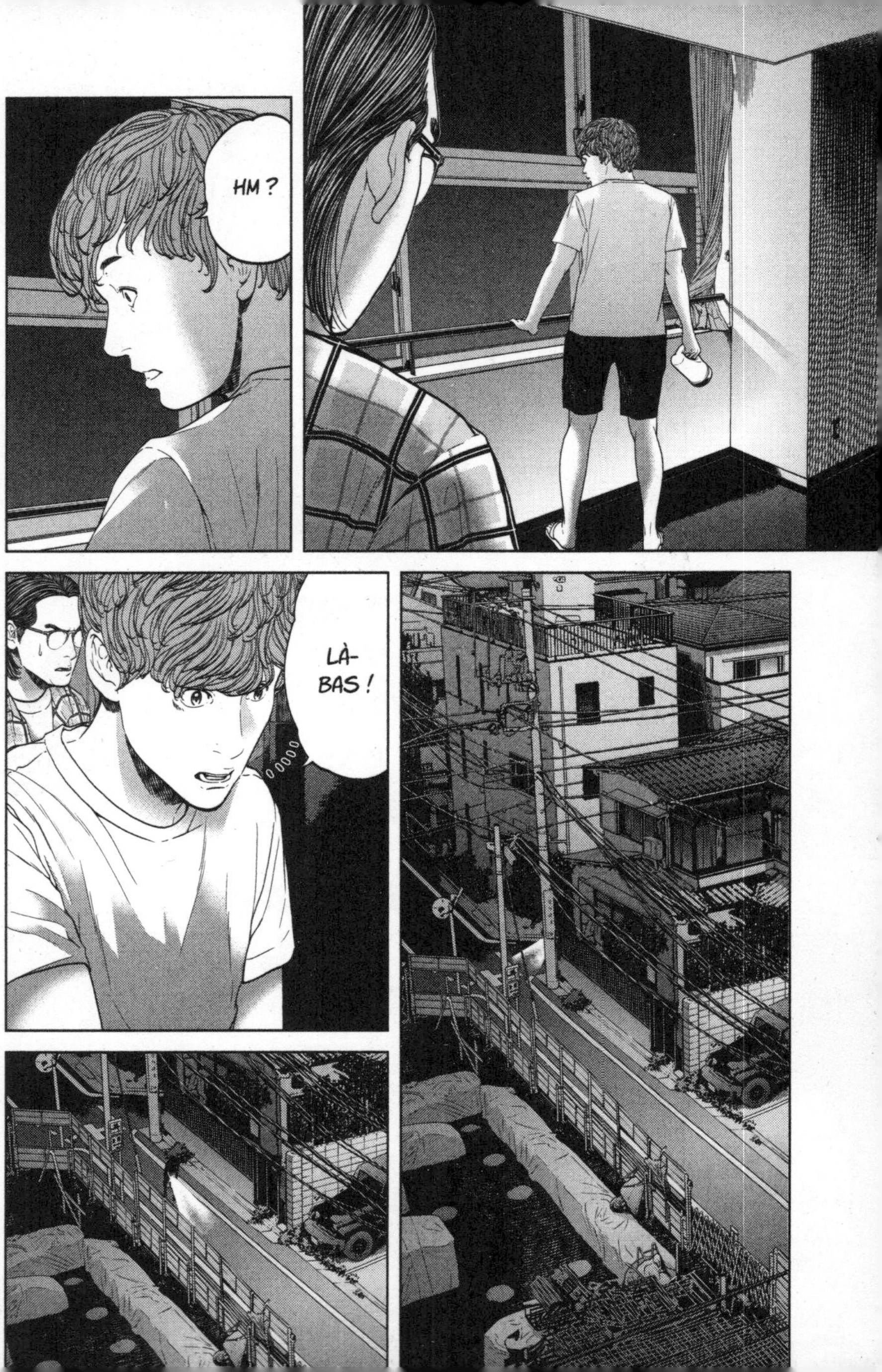
HM ?
LÀ-
BAS !

YASUSHI EST DE RETOUR !
MAKOTO, ATTENDS !
FAISONS PREUVE DE PRUDENCE JUSQU'À L'IDENTIFICATION DE L'INDIVIDU À LA LAMPE !
IL SE PEUT QUE CE NE SOIT PAS YASUSHI !
QU'EST-CE QU'IL SE PASSE ?

ALORS ? VOUS VOYEZ QUELQUE CHOSE ?
NON, IL FAIT TROP SOMBRE !
AH !

QU'EST-CE QU'ON FAIT SI CE N'EST PAS LUI ?
PEUT-ÊTRE L'ACCUEILLIR ? APRÈS, ÇA DÉPENDRA DE SON ATTITUDE...
AÏE !
AYAKA ! AT-TENDS...
TSAP
VLAP

YASUSHI !
JE SUIS REVENU !

C'EST AU-JOURD'HUI QU'ÉTAIT CENSÉ SE DÉROULER LE TOURNOI ...
ALORS JE ME SUIS RENDU SUR PLACE ...

IL N'Y AVAIT PERSONNE ...

RHAA ...
TAIS-TOI UN PEU, TOI !
EST-CE QUE TU IMAGINES ...
L'INQUIÉTUDE QUE TU NOUS AS CAUSÉE ?
COMMENT ?
ET ENSUITE ?
J'AI SOUDAINEMENT EU L'IDÉE ...
DE MARCHER JUSQU'À CHEZ MOI !

C'ÉTAIT VRAIMENT SUPER LOIN
...

CROA!

JE VIS AVEC MON PÈRE, MA MÈRE ET MON PETIT FRÈRE . . .

CLAC
JE VOULAIS M'ASSURER QU'ILS ÉTAIENT SAINS ET SAUFS
...

PARDON, MAMAN ...
DÉSOLE DE T'AVOIR CAUSÉ DES ENNUIS, PAPA ...
TOI AUSSI, WASAO ...
FSHHH
NE DIS PAS ÇA !
C'EST TOI QUI AS LE PLUS SOUF-FERT !

NE T'EN FAIS PAS POUR NOUS !
NOUS NE SOUHAITONS QUE TON BONHEUR !
C'EST BIEN VRAI !
VIENS MANGER, GRAND FRÈRE !

BON APPÉTIT !
J'AI TROP HÂTE QU'IL N'Y AIT PLUS LE CORONA, MOI !
YASUSHI, ÉCOUTE...
NE TE PRÉOCCUPE PLUS DE CE QUE DISENT LES GENS !
TU ES EN BONNE SANTÉ, C'EST TOUT CE QUI NOUS IMPORTE !

ET MOI, QUAND ON EST TOUS ENSEMBLE . . .
JE SUIS LE PLUS HEUREUX DU MONDE !
GRAND FRÈRE EST GUÉRI !
HA HA HA

PLIC

MERCI MAMAN !
BON APPÉTIT !

IL N'Y AVAIT PER-SONNE ...
ILS AVAIENT DISPARU ...
OU PLUTÔT ... CE NE SONT PAS LES AUTRES QUI ONT DISPARU ...
MAIS NOUS QUI AVONS ÉTÉ ABANDONNÉS LÀ !

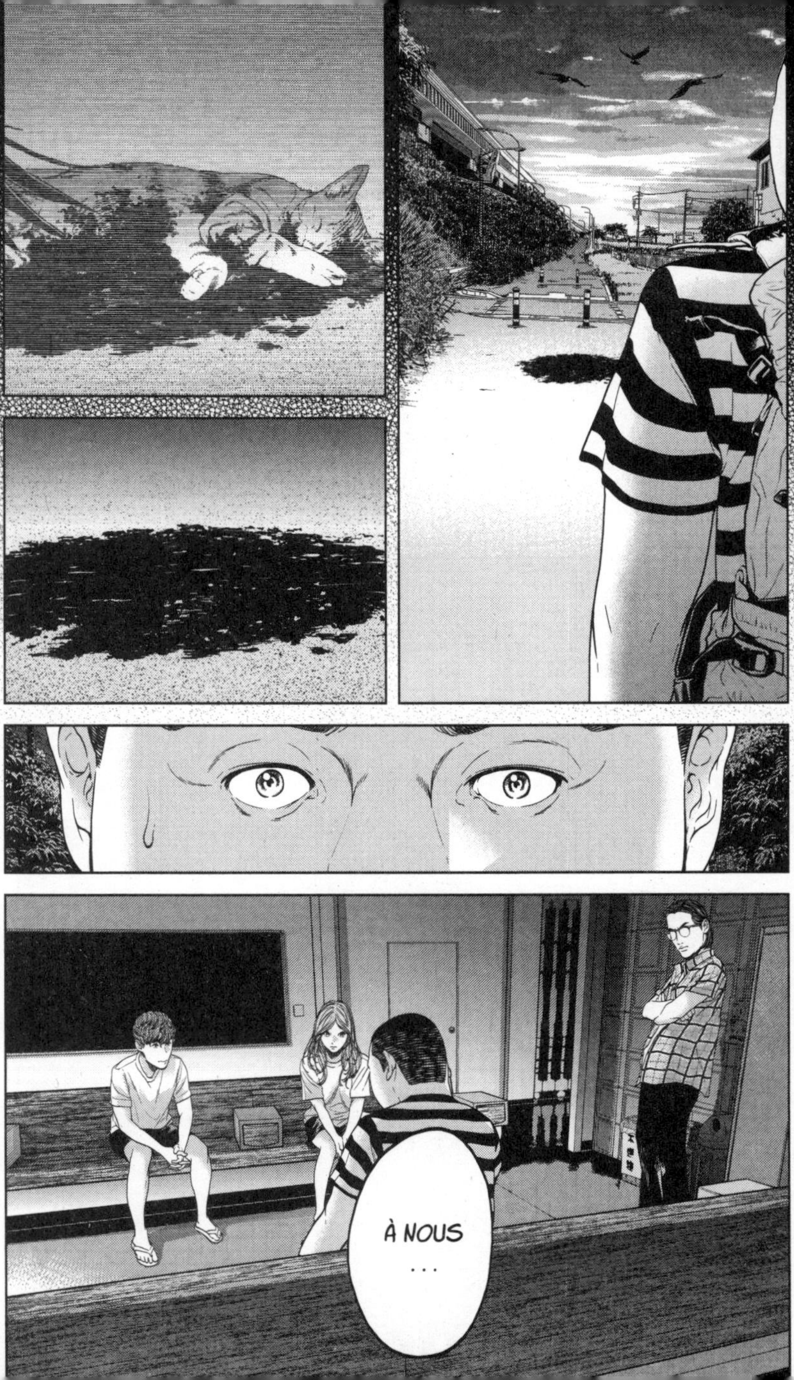
À NOUS
...

DE REJOINDRE RAPIDEMENT LE MONDE OÙ ILS SE TROUVENT !
HEIN ?
ÇA VEUT DIRE QUOI, ÇA ?
…

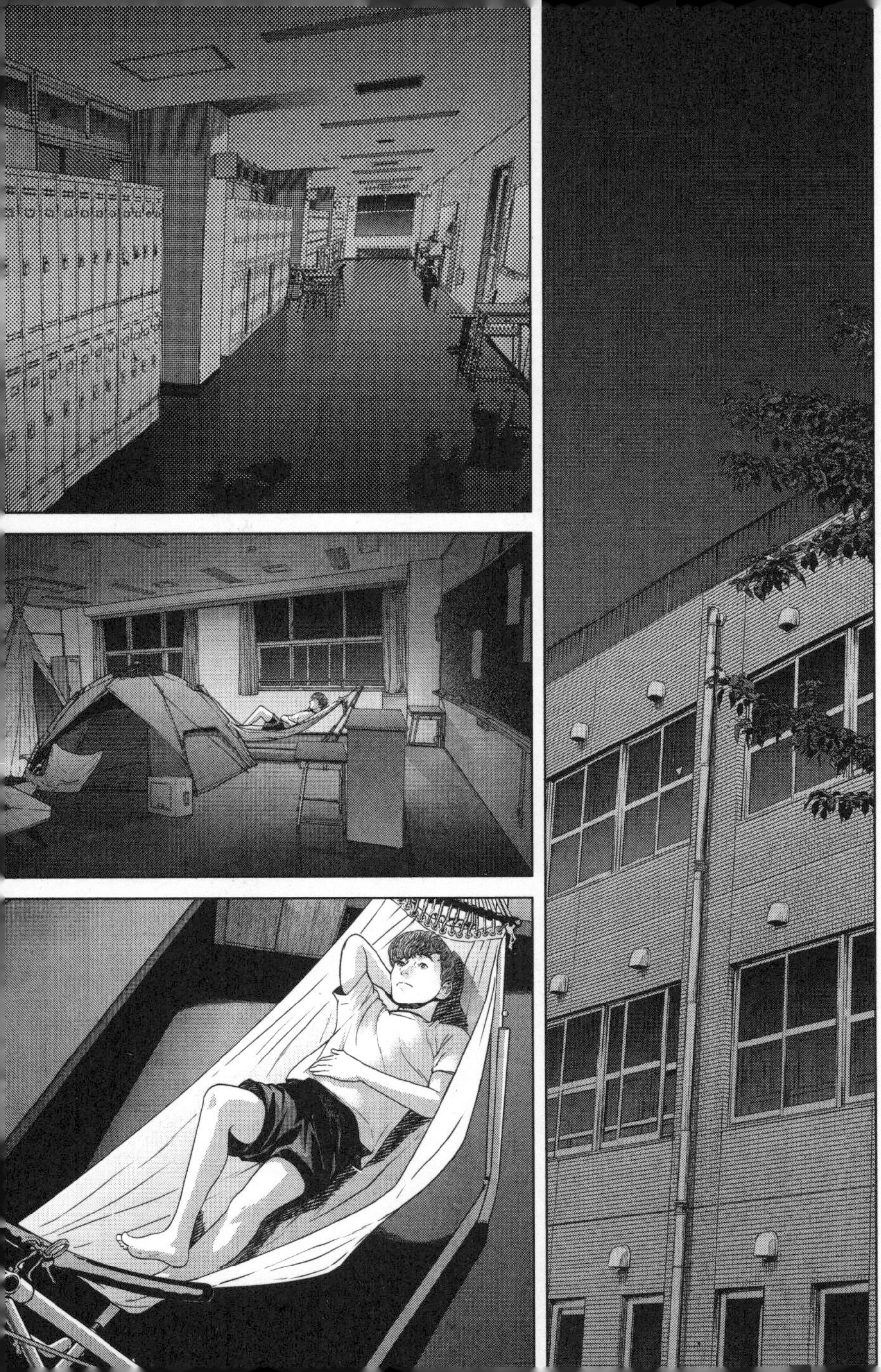

YASUSHI ...
QUELQUE CHOSE A CHANGÉ CHEZ LUI ...
IL A CONSTATÉ DE SES PROPRES YEUX LA DISPARITION DE SA FAMILLE ...
ET LA MIENNE ALORS ?
LAISSE TOMBER !
AU DODO !
PAF

CLANG
ガタ
GROLL
KYAAAAH!

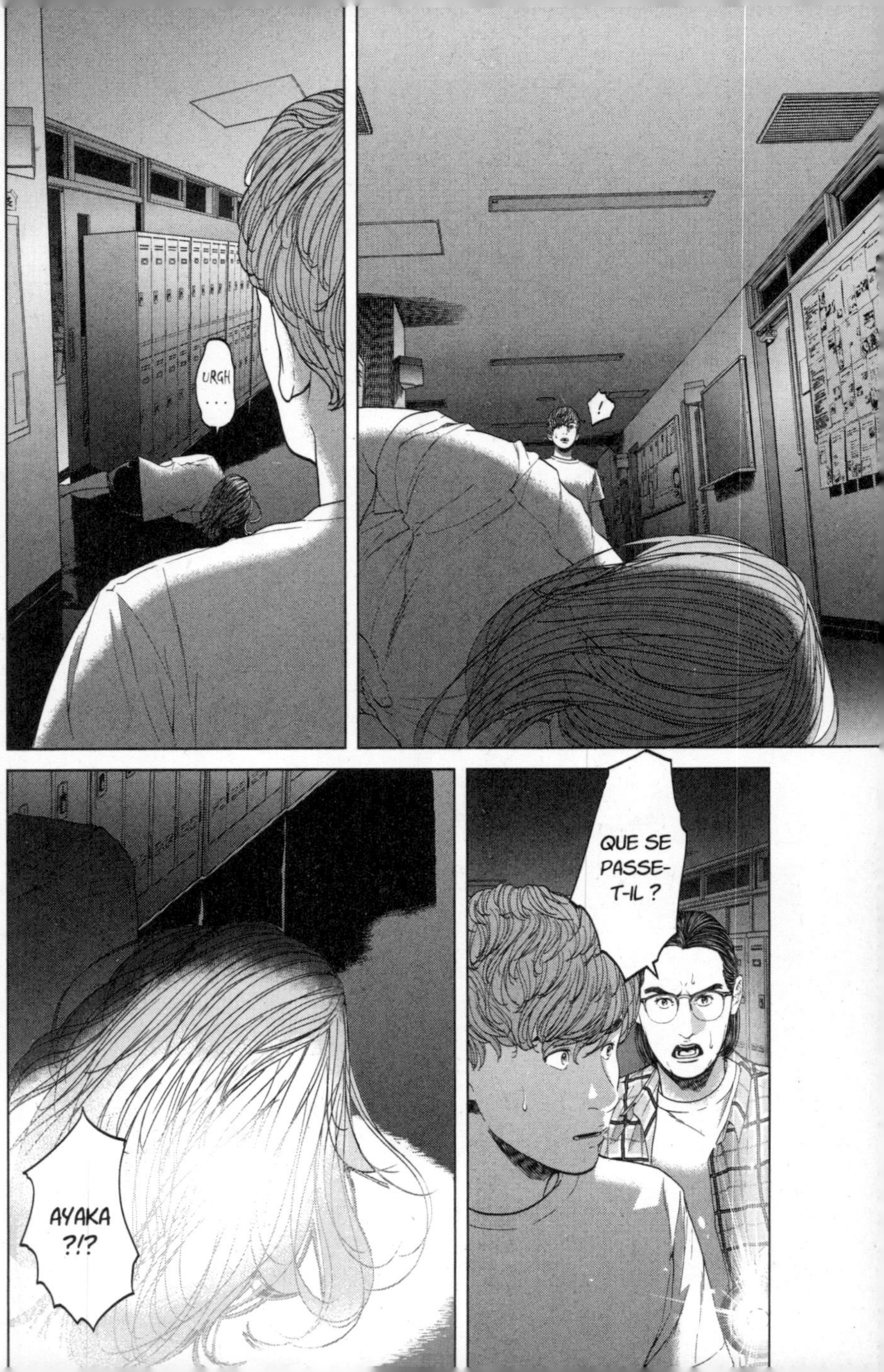
!
URGH . . .
QUE SE PASSE-T-IL ?
AYAKA ?!?

EST-CE QUE ÇA VA ?
ELLE SAIGNE !
URGH...

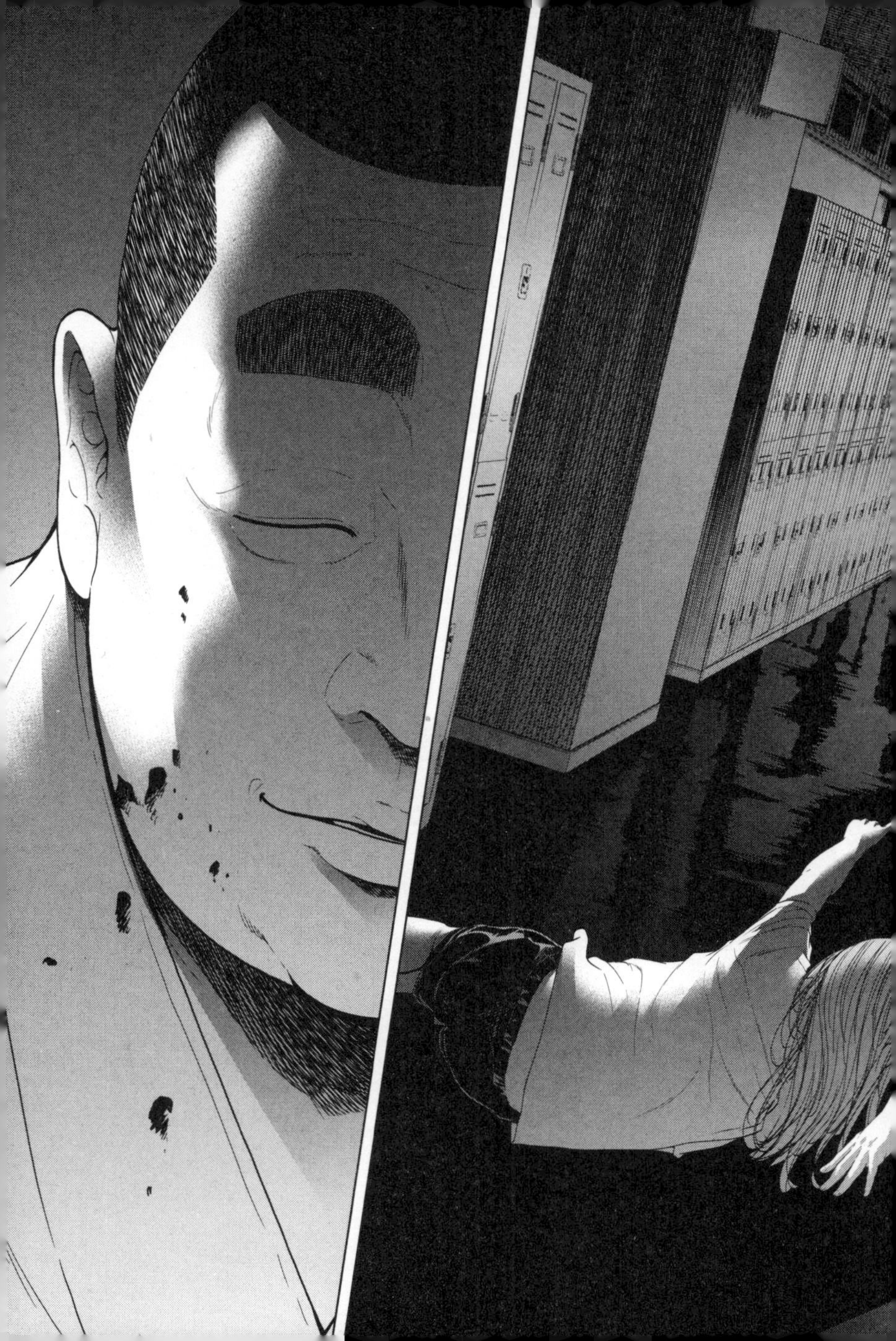

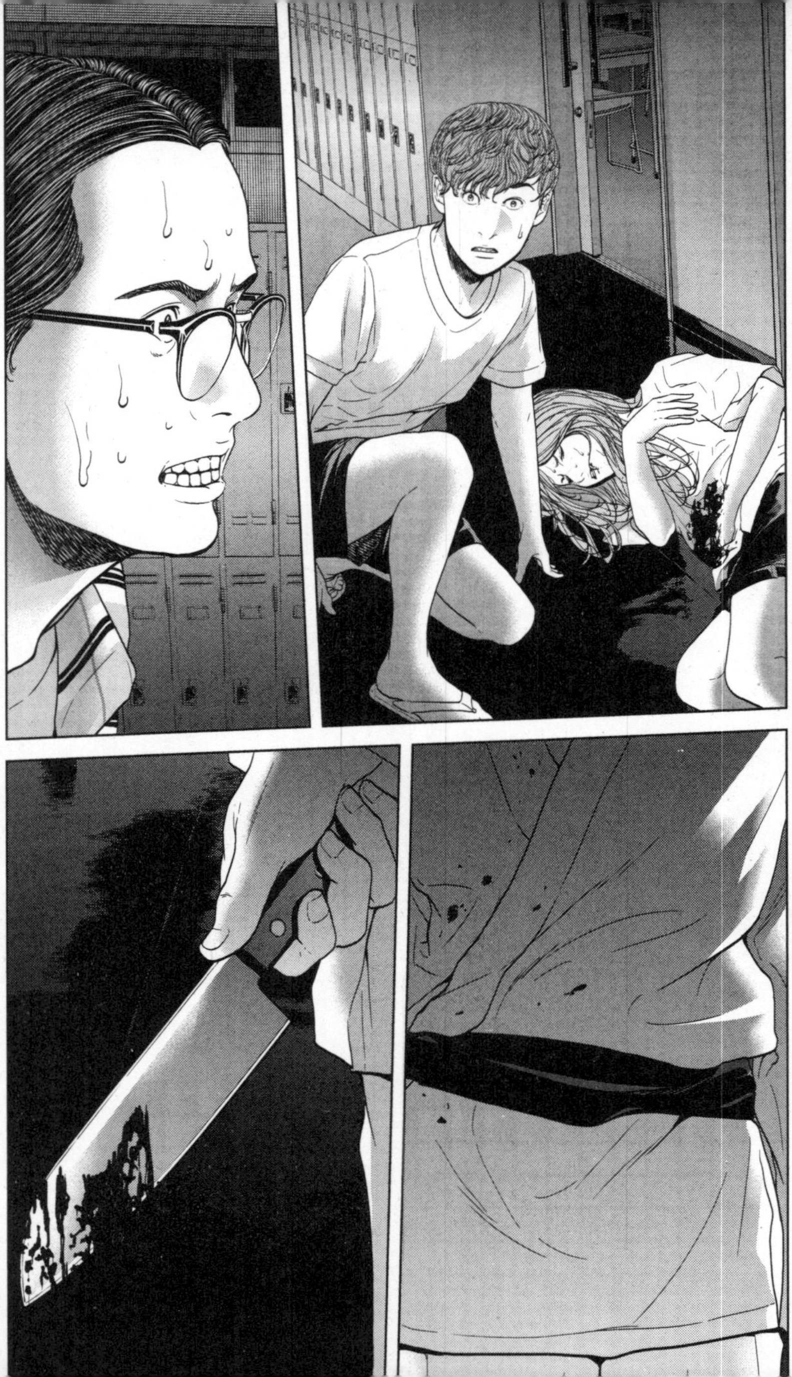

YA-SUSHI …
ES-PÈCE DE …

TOUS ENSEMBLE, PARTONS POUR LE NOUVEAU MONDE ...

AYAKA, ÇA VA ?
URGH...

C'EST UN MAUVAIS RÊVE ...

POURQUOI...
POURQUOI T'AS FAIT ÇA ?
NOUS AVONS ÉTÉ ABANDONNÉS...

DANS UN MONDE COMPLÈTE-MENT VIDE ...
VIDE ...

STOP ! CALME-TOI, YASUSHI !
EXPLIQUE-TOI UN PEU !
TOUT LE MONDE EST PARTI VERS UN NOUVEAU MONDE ...

ET NOUS DEVONS DIRE ADIEU À CELUI-LÀ ...
AFIN DE LES REJOINDRE !
ET TU CROIS QU'EN MOU-RANT, NOUS ATTEINDRONS LE NOUVEAU MONDE DONT TU PARLES ?

C'EST ...
VRAI-MENT ...
N'IM-PORTE ...
QUOI !
N'IM-PORTE QUOI !
T'AS CONSCIENCE QUE TU DÉLIRES, LÀ ? T'AS FÛMÉ QUOI AU JUSTE ?!?
MÊME SI TU ES PER-SUADÉ DE LA VÉRACI-TÉ DE TA THÉORIE ...

DANS CE CAS ...
TU N'AS QU'À MOURIR TOUT SEUL !
JE T'AI DIT DE RECU-LER !!!
TERUO ...
RECULE, YASUSHI !

T'AS PAS LE CHOIX !
IL FAUT Y ALLER, TOUS ENSEMBLE ...

HYAAAH!

HIIIIII !
POF
VSHHH
FAIT CHIER ...

POUR-QUOI AYAKA ?
PARCE QUE C'EST UNE BONNE PERSONNE ...
JE VOULAIS QU'ELLE PARTE EN PREMIER !

C'EST N'IMPORTE QUOI ...
VIOUUU

VSH
FLAP

TU VAS L'ACCOMPA-GNER ...
MAKOTO !
TOKYO SURVIVORS À SUIVRE DANS LE TOME 3...

TOKYO
SURVIVORS

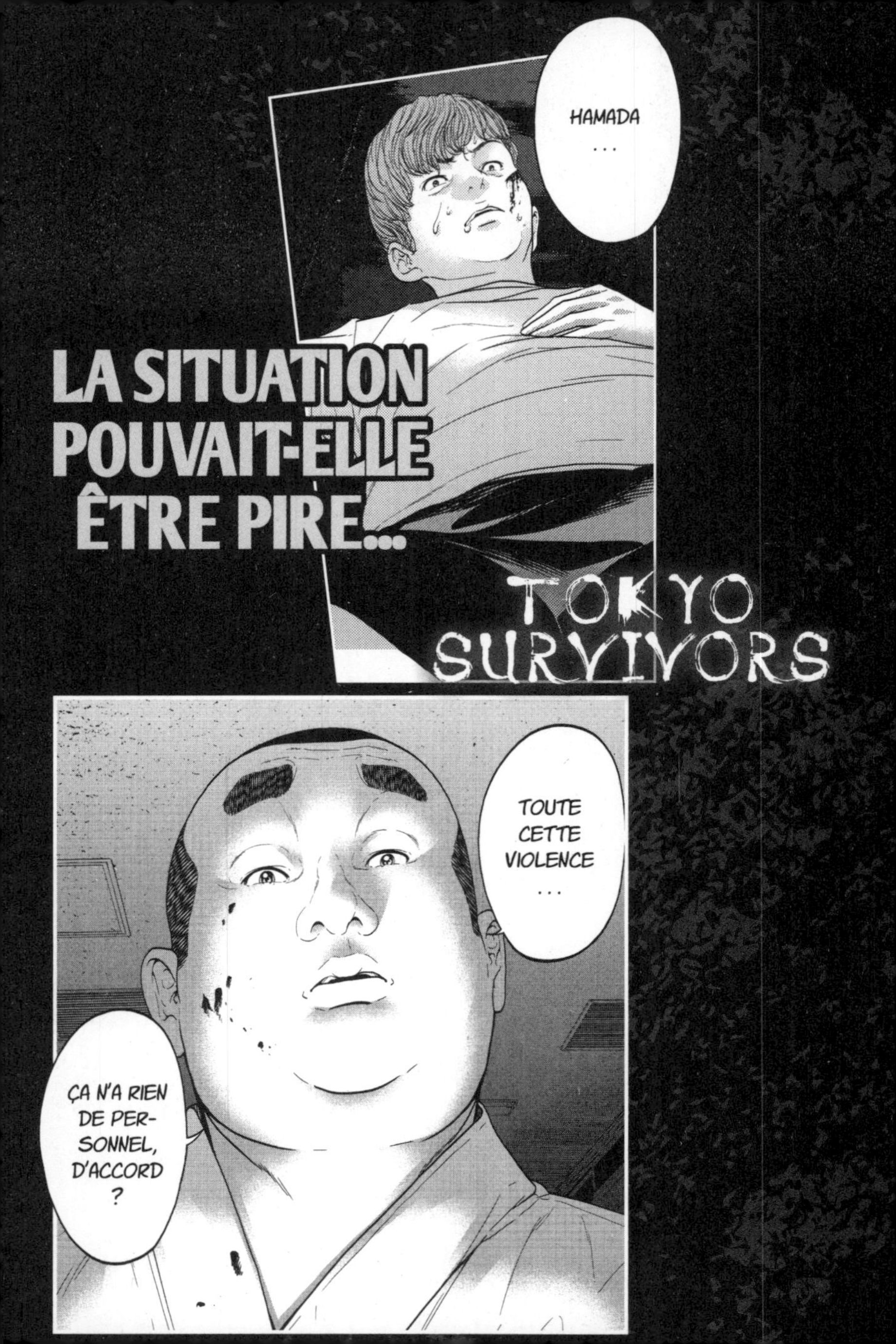
HAMADA ...
LA SITUATION POUVAIT-ELLE ÊTRE PIRE...
TOKYO SURVIVORS
TOUTE CETTE VIOLENCE ...
ÇA N'A RIEN DE PER-SONNEL, D'ACCORD ?

QUE ÇA ?!?
À SUIVRE DANS LE TOME 3, DISPO TRÈS BIENTÔT !

Edogawa EDOGAWA

TOKYO SURVIVORS

est édité par :
Omaké Books
7-9 rue des Caillots
93100 MONTREUIL / France
contact@omakebooks.com
https://omakebooks.com

Ningen Shoushitsu Vol.2

KODANSHA

Date de sortie : 29/08/2024
Prix de vente public : 7,90 € (TTC)

Édition française
TOKYO SURVIVORS
Directeur de collection : Florent Gorges
Traduction : Guillaume Mistrot
Adaptation : Jean-Charles Xavier/Florent Gorges
Lettrage : Munii Prod.
Dépôt légal : août 2024
ISBN : 978-2-37989-308-7
Impression : achevé d'imprimé en Bulgarie en août 2024.

omaké manga